春の台

Ueda Takayo
上田貴代

書肆侃侃房

春の台＊もくじ

装幀・写真　毛利一枝

春の台《うてな》

上田貴代

（一）黒木

師の碑

星去りて差す陽のひかりトンネルをくぐりて入る黒木の町は

表札の檜は古りて菊池剣としるせる墨のあとと同化す

大津清子氏と参る喪の家深閑と身罷られたる慈顔拝しぬ

眠りゐる如き御庭の樹のもとに揺らぎもあらぬコスモスの花

秋の陽が東の窓よりさし込みて師なきベッドの白冴えわたる

生前に吾がまみえざりし歌の師の寛容なるを友らは言へり

宗真寺へとつづく黒木の切り通しそびゆる岩に鑿《のみ》の跡あり

師が歌碑に選ばれたるは矢部川の流れの如き紋様の石

三絃と箏（地唄では三味線を三絃とも言う）

象牙の撥と八女《やめ》重富《しげとみ》の三絃のまろやかにして澄みとほる音

絹を裂くやうな音たて三絃の皮破れたり梅雨あけし朝

三絃の糸押す指の爪割れて血の滲み来ぬ　テープ巻き弾く

出来ることはすべてなしきて深呼吸　国立劇場の幕上がりゆく

箏、三絃ににちにち弾きて六十年大き座りだこしくしく痛む

芸術に向くとふ手相たのみとし調べにのりて「春の海」弾く

箏の糸押さへる指の熱もてば冷たき井戸の水に浸して

弾く音と唄の音階異なりて繰り返し繰り返しうたへり

松風の曲が脳裏を駆けめぐり眠れずにゐる演奏前夜

温習会《おさらいかい》に「冬の曲」ひく初春の宵　十三の琴柱《ことじ》をみがく

箏曲のけいこ終へたる生徒の目われを受け入れやさしくなれり

枝打ち

前後して発ちたる雉は番《つがひ》ならむ鋭《と》き一声の枯野に響く

山道を雉の雛一羽また一羽横切りて行くころがるやうに

這ひ登る蔦をいつきに引き降ろし呪縛より杉を解き放ちやる

鬱蒼たる杉の林に枯れ枝を打てば鉤裂《かぎざ》きほどに空開《あ》く

振り下ろす鉈に飛びちりにほひ立つ木くずが夫の頭上に舞へり

台風に杉の倒れて荒れ果てし山は雑木に覆ひつくさる

夫や子と共に枝打ちしたる杉倒木となり朽ちてゆくべし

山小屋を建てむと買ひし杉山の杉なくなりて足の遠退く

ダムとなる村の家々とざされて捥ぐ人もなく柿うれてをり

ダム反対の板の文字あせ村中《なか》の共同用水に清水あふれつ

合所《ごうしょ》ダム成らむとしつつ谷間《たにあひ》に村跡しのぶ何物もなし

ドライアイス

窓を打つ激しき音に飛び出せばいびつなる雹《ひょう》庭にはねをり

七十点と家族の満足度採点し今日一日の主婦業終る

如月の風に飛び来し杉の木の見えざる花粉われを支配す

耳さむく真夜に覚めれば明け方と見紛ふばかり雪明かりせり

自らが吐きて作りし泡の巣を繕ひながら雨しのぐ虫

荒草に日ごと増えゆく泡の巣に赤と黒との小虫が籠る

枯れし野のいづこで生まれたるものか小《ち》さきを寒の虫と名付ける

払ひたるとたんつぶれし寒の虫生きた証は本の染みのみ

水中にドライアイスは気化しゆくわが欝屈の息づきに似て

傘をさし犬引きて行くこの夜ふけ雨はみぞれに変りゆくらし

鳴き合いて何処《いづこ》に行くや夜の雁引き行く犬も耳をそば立つ

太宰府

田を覆ふ雪に初日の照り返り太宰府詣での道すぢ清し

太宰府の町を流るる御笠川朱の欄干を水に映して

厄年にあらねど潜る太宰府の厄晴れ瓢簞大くぐり門

もみぢ深き竈門《かまど》神社の神の鹿乾く音たて角打ち合はす

梅の花散る如くして真昼どき風の象《かたち》を見する粉雪

つぎつぎと落ちくる雪はぼたん雪窓外なべて点描画なり

観世音寺の千余年経し梵鐘は樟の大樹に守られてをり

網に囲ふ観世音寺の梵鐘は地肌の荒れて緑青のふく

あこがれし観世音寺の鐘の音《ね》を切に聞きたし大つごもりに

扁額の「観世音寺」の筆のあと小野道風のなめらかな文字

牛馬にて引きしか天平の大石臼木槵子下《もくげんじか》にしかと位置占む

宝満川の可動堰ぐいと立ち上がりたちまち田植の水を満たしぬ

泡立ち草の黄の帯すすきの白き帯宝満の土手に秋はとどまる

寒の大気を切りて飛び来し鶺鴒《せきれい》が宝満川の水辺に憩ふ

真つ白な銀杏の俎板商へる大興善寺の風の参道

緑濃き苔に散り敷く銀杏の葉八百年の古木より降る

真弓の実、花と見紛ふ華やかさ道行く人ら手を触れ行きぬ

長男誕生

早産の子はちひさくも元気良く産声を上ぐ保育器の中

宮参り終へてわが家に帰り来て親子三人《みたり》の暮しはじまる

乳を吐き肺炎おこしし嬰児は一夜のうちに危篤となりぬ

往診の医師は息子の胸つかみ注射せしのち入院をさす

一時間ごとに呼吸の止まる子の胸おしつづく大寒の夜を

嬰児の胸を片手で押しつづけ夫は夜通し人工呼吸す

むらさきが青から白に変はりゆくチアノーゼなる小さき子の顔

息吹き返したる息子の頬に赤みさし夫と二人でほつと安らぐ

死の淵よりもどり来たれる嬰児を抱きて五日後に退院す

昼寝する子供の顔に顔よせて確かめてをり　息してゐるか

ブルートレイン博多をめざす五ケ月の長男いだきたる転勤に

針仕事

衣《きぬ》を縫ふわれに代りてガラス拭く子等の片面に寒の陽はさす

ひと針づつ心込め縫ふ花嫁衣装見知らぬひとに幸ひあれよ

尺八吹く夫の傍への針仕事十年つづき板に付きたり

投げ出したき衝動に堪へ暁に急ぎの晴着仕立て上げたり

若き日の生の証と切りおきしわが黒髪を針山にする

衣縫ふと時間惜しめば炒りたらぬ今日の田作り歯切れの悪し

ほどかるることをこばむか古き衣しめれる糸のギシギシと鳴る

縫ふ衣の区切りのつかば旅に出ん旅に出《いで》んと思ひつつ冬

（二）縦走

山桃

木材を商ふ父の会社にはチェーンソーの音つね響きゐき

山の樹を売りたき人の尋《と》めくれば百石《こく》、二百石と数《かず》飛び交ひし

深夜戸をたゝく人ゐて奥山に木樵が怪我をしたとふ知らせ

播州の山々歩きし父なれば八十五歳の足確かなり

山桃の甘き香りによみがへる父がみやげに持ち来し一枝《いつし》

チェーンソー聞き続けたる晩年の父親の耳遠くなりたり

補聴器を好まぬ父に話すわれ身振り手振りをいよよ大きく

働き者の父なりしかどギブスにて臥しゐると聞く吾は遠くて

祖母

「声に出して読み聞かせよ」　と請ひし祖母　老の寂しさ今に思へり

「習へる時に何でも習つておきなさい」　祖母の教へが今に生きをり

爪伸ぶは稀なりし祖母の働きを思ひ出しつつまた爪を切る

祖母と見し港祭りの花電車見慣れし市電すまして通る

登山（1）

ワンダーフォーゲル部に入りしは十九のとき夏は登山を冬はスキーを

去年《こぞ》逝きし友しのびおり六甲のロックガーデン共に登りき

城崎《きのさき》の神鍋山《かんなべやま》のスキー場元気に滑りし貴女を思ふ

六甲を縦走したるその足で山吹ロード下《くだ》り有馬へ

立山の雄山《おやま》神社ゆ見下ろせば黒部のダムは光るジオラマ

立山の這松の下をゆききする雷鳥、二羽の雛を連れゐて

台風の強風の中ずぶ濡れで白馬《しろうま》の雪渓よぢ登りたり

白馬のみくりケ池の澄む水に大《おほ》山椒魚せめぎあひをり

白馬の栂池《つがいけ》ヒュッテ夜となればランプの明滅飽かず眺める

クリスチャニアで滑り下りたき妙高の山急なれば歩いて下《くだ》る

白銀の穂高を護るジャンダルム猛き岩峰《がんぽう》黒く峙《そばだ》つ

みやま柳、楓、唐松、七竈きみどり滲む富士五月尽

梳く櫛にきみどりの花粉たまりをり原生林をくぐり来たりて

草木なき小富士に至り赤ぐろき軽石とりてケルンに積みぬ

登山（2）

笹の根を滑り止めにし登り行く霜柱立つ阿蘇一目山《ひとめやま》

大阿蘇の彦太郎池に何棲むや「つりは禁止」の立札のあり

湧き出づる阿蘇の真清水ふふみたり数多《あまた》の恵み溶けこみて無味

阿蘇駅の駅名の書体楽しみに来たるをASO-STATIONとあり

高原の草ぬきゐでて咲き盛る阿蘇のヒゴダイ瑠璃色の花

友の靴跡なぞりて登る三俣山たちまちすがもり小屋が遠のく

三俣山の北の傾りを埋めつくす石楠花の花に迎へられたり

草もみぢの外輪山に夕日さし駱駝《らくだ》の背《せな》のやうに輝く

散る前の鎮もりの季《とき》　牧の戸の峠のもみぢセピア色なす

宮原線《みやのはるせん》廃線跡を辿りゆく北里トンネルの雫にぬれて

廃されし宮原線の竹筋橋《ちっきんけう》今なほ保つ五つのアーチ

鉄のなき大戦中に作られし竹筋橋なり強靱な竹

コンクリートと竹に作りし竹筋橋、橋脚の下を車行き交ふ

阿蘇の野を走りし雄姿しのびつつ宮原線を歩く二時間

登山（3）

宝満山めざし一歩を踏み出さむ林道発祥之地の碑ここより

天拝山の原生林に守られて直ぐに伸びたる矢竹清しも

天山の太きイタドリあへぎつつ登れるわれののみどうるほす

天山の澄みし空気に研がれたるミツバツツジの花のくれなゐ

新緑の天山に生ふるハナイカダ対の小花を乗せて揺らぎぬ

白蠟の造花のごとき銀竜草、森の精霊宿して咲けり

うろこ雲寄りて入道雲となる脊振嶺の上《へ》はまた夏の空

いつの間にか陽は脊振嶺の尾根に落ち冬の近きを気づきて帰る

五ヶ瀬川の水の作りし洞穴は渓谷かざる千のモニユメント

原始の人となりて下れり柱状節理の岩立ち並ぶ高千穂の川

茅葺きの軒に乾けるもろこしの実は飴色に変りつつあり

高千穂の戸取の神楽ちからあり古りたる面に霊気みなぎる

庭を掃き花ばな植ゑて山里の家つつましく夏を迎へる

鋤《すき》、唐箕《たうみ》、唐臼、竈、石の臼、神楽の宿に今も息づく

愚痴を言ひ愚痴を聞きつつ登りこし基山山頂四方はれわたる

九千部の樹下《こした》にひそとカンアオイ落葉の色の花をはぐくむ

由布岳の岩場の枝を登山者はツルリツルリと磨いて行きぬ

台風

今までになかつた台風《かぜ》とはどんな台風《かぜ》　窓に釘打つ音の激しき

台風の風が次第に強くなるそれでもコホロギ歌ひつづける

車庫隅のドライフラワーにしがみつき豹紋蝶は台風に耐ふ

吹き降りと風にしなれるガラス戸を押しつづけたる台風五号

ソーラーの門灯はづす午前二時台風の風は尖りゐるなり

十月の季節はずれの台風が十万本のコスモス散らす

向日葵を薙ぎ倒したる台風の去りたるのちの名月の照り

三十メートルの台風いかに耐へたるや大豆の畑をついばむ雀

台風一過の村には秋の気配してトンボの群を分けつつ歩む

焼却場に落葉の袋放り込む阿蘇の火口のやうな大穴

車ごと重さ測りて払ひたる落葉の焼き賃百五十円

新世紀

もち米のたちまち餅になる過程家族こぞりて珍らしみ見つ

夫がちぎり吾が丸める正月の餅に大小ありてにぎはし

あやまたず明日に続く今日なれど注連を飾りて時を区切りぬ

二千年への備へ呼びかける小渕首相半信半疑で缶詰を買ふ

千九百九十九年の大晦日息をのむ間に二千年来る

大吉の嫁を頭《かしら》に中吉や小吉が出で吾は末吉

ふるさとの「どんど」の炎盛りゐむ　庭にひそりと注連飾り焚く

秋月

正月は古処山《こしょ》に登るが慣しとなりて三年身の引き締まる

秒五トンの水駆け下る野鳥川《のとりがわ》この低き山の何処より来る

山頂の岩のほこらの馬隠し秋月武士の戦《いくさ》のそなへ

閑道となりたる古処山《こしよ》に生ひ繁る原生林の柘植《つげ》は苔むす

俄雪降り出でて夫の足跡も山の落葉もたちまちに閉づ

「東京都特許許可局」聞き做《な》しの通りに鳴ける山ほととぎす

潭空庵《だんくうあん》の水の安全祈願する木魚のリズム瀬音にとける

落葉ふかき潭空庵より立ちのぼる竈の煙ほのかに匂ふ

観月の仕舞を照らす篝火の火の粉を散らす古処よりの風

観客も胆力のゐる試し撃ち秋月林流《はやしりう》抱え大砲《おほづつ》

十六夜の月落つるかと思ふほど抱へ大砲の音けたたまし

（三）四季

夏の日々

海の陽を日毎きざみし桜貝わが手の平に虹色点《とも》す

電車の床に転がつてゐる消しゴムが「まだ働ける」と言ふ顔をする

食品添加物と書かれしタンクローリー「毒」と黒々書かれて走る

放射能を分解させる粉あらば空よりまかむ福島の地に

山奥の頃より住みゐし河鹿蛙いまゴルフ場の片隅で鳴く

笹原《ささばる》を通過するたび笹野原おもひみてをりビルを見ながら

掃き寄すれど一目散にたてこもる蜘蛛に倉庫の隅を与へる

ママさんソフトに腕の凝れるを耐へて立つ夕べ厨にカレー匂はす

一瞬にバウンド変はる白球は意志持つ如くわが手をそれる

右中間にゴロのぬけたる爽快感必死に夏の校庭駆けて

早朝の雑木林に分け入りて吾子と取りにきクワガタ一匹

修学旅行に長《おさ》の子発《た》てりメモしたる旅程を追ひて一日を終ふ

口数の少なくなりしこのごろの子の寄り来たる時の尊し

バタフライ泳ぐ息子のひとかきに合はせて吾も息を吸ひしよ

母

子の声を聞きたき日には亡き母もかくありしかと思ふ　立秋

われひとり離れ住みゐる福岡に度々たづねくれたる母よ

母と来し谷川梅林七年を経て梅の幹太りてゐたり

梅林へつづく急坂足早に登りし母を思ひだしをり

母の教え今も守りて六十年ぬか漬けの茄子しぼらずに切る

ふるさとで迎へし朝のまどろみに聞きなれし母の雨戸くる音

一周忌の嫁の墓石に痛き膝折りて拝める母の後手《うしろで》

重態の母のかたへに寝るわれを寒くはないかと気づかひくれて

何もいらぬ十分食べたと食を辞し九十二歳の母は逝きたり

里帰りのたび食卓に並びゐし母の巻き寿司恋しき今宵

九十の母を見舞ひしかの夏を思ひ出させる凌霄花《のうぜん》の朱《あけ》

五合《ごんがふ》の米に五勺の醤油さす炊込み御飯は今日も母の味

亡き母の縫ひし半纏いろ褪せず冬はわたしの背を温める

母の背を見る心地せり指宿の湯に姉の背を流しゐるとき

寒稽古

寒稽古なすより起床がつらいとふ次男、大霜ふみて駆けゆく

わが意見よせつけぬ子のスケジュール自我にこだはる背《せな》を見てをり

籠手《こて》打てど吾には見えず審判の旗をたよりに急ぎ拍手す

口数の少なき息子と弁当の中にだけある親子の対話

子の朝寝いましめ送り出したるを悔ひつつ枕のほころびを縫ふ

あらがひて吾も来たるかふるさとの母にやさしき手紙つづらな

余白ある子の古ノート使はむと開けば三角関数いでく

吾の乗る電車に手を振る母子あり二十年前の私と息子

筑後の四季

流れゆく老いの暮しのアクセント「春の台《うてな》」は真っ赤な椿

「春の台」とふ美《は》しき名と知りてより庭の椿に日ごと親しむ

をちこちに木々剪定の音ひびく筑後草野の矢作《やはぎ》の村に

二百年の風雪とどめ臥竜梅《がりゅうばい》の名をさながらに古木のうねり

ひたすらに八重の花びら重ねゐる淡紅梅は紅よりあやし

振り向けば三池の山の晋光寺のあたりかすみて白梅の咲く

両岸に彩《いろ》ぬりこめて菜種咲き筑後川の辺、舟は網打つ

かげりゆく平野つづける筑紫路を夕日に押され進みゆく列車

紫のグラデーションのなか行けり将軍藤の香につつまれて
（小郡市の将軍藤）

長き房の先まで蕾ちりばめて藤、南風にほぐれむとする

極めたるものの持ちたる静かさに満開の枝かさぬる桜

巫女《みこ》の振る鈴にも似たる桐の花うす紫にけぶり咲きをり

船小屋駅に立てば脊振嶺迫りたり峰より碧《あを》き風が吹きくる

洪水は樟の樹あまた倒ししを今日の矢部川音もなくゆく

ガタガタ橋と親しみし橋流されて後に小さき橋脚四本

樟の樹を超えゆく朝日　矢部川の流れを金に染めはじめたり

船小屋の樟のかほりにつつまれて内野樟脳の工場の初夏

とりどりの花

去年《こぞ》の春植ゑたる椿「菱唐糸《ひしからいと》」サーモンピンクに今朝咲き初むる

地を這ひて冬をくぐりしユキノシタ竿燈《かんとう》に似し花茎かざす

花粉もつ雄蕊切られし店先の百合まゆのなき顔のごとしも

五年かけて育てし「砂漠の薔薇」咲きぬ唐突にして嫋《たを》やかにして

皇帝ダリアの紫色の花あまた見上ぐる吾を睥睨《へいげい》しおり

ホトトギスの花ほろほろと散る夕べ宇宙ステーションきらめき過ぎぬ

春風の中にかがよふキンポウゲ可憐な花に毒ひそませて

日陰にはひかげを好む花植ゑむ擬宝珠、千両、雪の下、著莪

親と子

母の勤め果たしし思ひすこやかな軀《く》にて長男受験に出かく

入学試験終へて帰りて来し顔を合否うらなふ如く見つむる

子らを率《ゐ》て旅ゆくことも最後かと語らひてゆく久大本線

軒下を取り合ふつばめらけたたまし先住者なるわれを無視して

餌運ぶ親のつばめの的となる口のまはりの黄のストライプ

十メートルの電線まで来た雛三羽終日その場で餌をもらひぬ

狭き巣よりやっと飛びきてふるへつつ体よせ合ふ電線の雛

雨の日に巣立ちしつばめ親も子も濡れそぼち夕べもどり来たれり

豊後路

日本初の佛狼機砲《アランキホウ》なる大砲は臼杵城趾に青く錆をり

手を合はすことも忘れて迎ぎ見る臼杵石仏千年の笑

石仏の大日如来に捧げむと前に生ひたり竹の子二本

断崖を壁とし建てる羅漢寺を人ら崇めて幾世経にける

石像の五百羅漢の表情のおのもおのもが吾に親しき

羅漢寺の暗き岩屋に打たれたる奉納しやもじ岩肌かくす

青の洞門掘りし「のみ、つち」祀らるる持てば確かな重みのあらむ

国東の朝日が刈田に描き出す「にちりん3号」直走《ひた》る影

悲しみを癒やすが如き日のひかり国東半島、野の供養塔

三百年経し両子《ふたご》寺《じ》の仁王像丸みを帯びて童のやうな

八百の寺ありしとふ国東の村々の家いまも整ふ

護摩の火に燻され黒き不動尊　金色の目が寺内を征す

家路へと急ぐ車が列をなす今日一日の尾を引きずりて

一泊の旅ゆ帰りしわが家の鍵穴照らす　今日は満月

（四）海峡

長《をさ》の子

熊本に住む長男に電話してまたも小言を言ひて終れり

訪ひし子はサッカー放送に夢中にてわれ黙々とガラス戸みがく

忙しき兼業農家の田にあらむ稲ぬき出でて稗が勢ふ

知らぬ間に庭の蔓草地を這ひて縦横無尽に花壇をしばる

青紫蘇に付きこし小さき蟷螂のくるくるまはる三角の顔

休耕田に溜まりし水に生れたるや蜻蛉の数が日毎増しゆく

うすあをき小春日の空を蜘蛛の子は長く糸引き北風に乗る

竹藪より不意に野うさぎ現はれてわれもうさぎも硬直したり

ガリガリに痩せた茶色の野うさぎが短い耳をピンと立てをり

野うさぎの立てたる耳に夕日さし透けて見えたり血の桃いろは

去年《こぞ》会ひし痩せ野うさぎは今いづく里山開かれ車の並ぶ

一匹の蚊を執拗に追ひまはす息子が帰省するとふ夕べ

油蟬こゑ低く鳴け夜更けまで語り明かしし子等を覚ますな

海釣りに夫と行くとてうれしげな息子の帽子にあご紐つける

落ち柿

落ち柿の甘き香りの路地をゆく幼き秋と同じ香をゆく

重き石ころがすやうに抜かれたる親知らずつひに見ぬまま帰る

包丁を研がぬ女に見えるらし店主はステンレスを薦める

接木せし柿の相性は如何ならむ覆ひの下に思ひ巡らす

食器洗ふを厭ふ心とうらはらに慣れし手付きがガラスに写る

修業一つ終へし心地ぞ十キロの辣韮の根を切りたる今日は

手洗ひが良いと思へど放り込む洗濯機なり心も揉まる

九大の模擬店めぐり食べ歩く次男四年の秋に初めて

何者に仕掛けられたる流行か夫のオーバーを子は好み着る

会社勤めのみが良いとは思はねどチエロを弾く子の進路を憂《うれ》ふ

嫌ひゐし紺の背広に赤ネクタイで面接にゆく今日のこの子は

四国への旅

この波に乗りて平家を討ちたるや早鞆瀬戸は西に流るる

高台の白き館に薔薇咲けり藤原義江の住まひしところ

早鞆の瀬戸を行き交ふ船人《ふなんど》の耳にとどくか義江のアリア

復員の人に飲まれた「帰り水」門司の駅舎に今も冷たし

夫が一つ続いてわれが一つ突く石手寺の鐘すみて響けり

水不足とふ伊予松山に降り立てば千年の湯の溢れてゐたり

坊ちやんにマドンナ、赤シヤツ、野太鼓も勢揃ひするからくり時計

段々のみかん畑にかこまれて小さく穏しき八幡浜港

瀬戸内に霧は流れて大橋をたちまち隠したちまちに見す

五色台の視野一面に雫する細きいたどり霧らへる朝を

忍冬《にんとう》の蜜の甘さよ白峰の霧の中にてかもされたるや

瀬戸大橋のぞむナカンダ浜に生ふる低き海桐花《とべら》の黄の花にほふ

乱すものなき真昼間の足摺に釣り人の竿ときをり光る

肘川のあゆの簗場を過ぎしみづ無数の線となりて光れり

朝倉豪雨

平成二十九年豪雨が襲ひたる朝倉にゆくへしれずの二人

川沿ひの平屋、屋根まで土砂の来て手つかずのまゝ春となりたり

朝倉の豪雨ののちの田の土砂の除かれしときボート出できぬ

名産の富有柿の木土砂に伏し白く枯れ果つ見渡す限り

高台にはつかに残る柿の木の芽吹きそめたる黄緑まぶし

竹の釘、修理の板も新しく三連水車は出番待ちをり

猛暑の夏を廻りつづけて重たげに苔むしてゐる三連水車

朝倉の木の丸殿《このまるでん》より見下ろせば梨の白花、畑を覆ふ

如意輪寺（別名　かえる寺）

かかへ地蔵腕にあまればもろもろの吾の願ひも手短かにする

去年《こぞ》よりも護摩札高く積まれをり不透明なる世を映《うつ》しつつ

如意輪寺の桧葉おほふ護摩壇に五色の御幣はなやぎそへる

赴任先より長男無事に帰る日を願ひて「かえる寺」へ詣づる

正月は元日のみの休みにて中国より子は帰れぬと言ふ

厄除けの護摩の木札に黒々と四十二歳の子の名をしるす

火渡りに瞬時ひるめば山伏の錫杖ふいに頭《づ》を撫でくるる

火渡りの神事ののちに降り出でて護摩木の灰を清めゆく雪

広州

純白の雲に押し上げられて飛ぶ広州めざす小型ジェット機

マッチ棒並べたやうな漁船みえたちまち広州に機は降りたちぬ

広州人《びと》ひしめく中より足早に現れ来たる迎への息子

甲高き声のうづまく広州の地下鉄の椅子ステンレス製

博物館、広州の街めぐり来てしやべらなければわたしも華人

黒ニンニク

褒美のやうな閏の年の一日を切り干し大根作りに励む

コーヒーのラベル剝がせばよみがへる素顔の瓶が「使つてよ」と言ふ

ヨルダンのアラビア文字の曲線は砂まき上げる風の形す

「まだまだ元気」と言はむばかりに廃棄物置場の扇風機がまはりをり

一年分の黒ニンニクを作りをり百のニンニク百日かけて

上げ潮の川端にたつ銀色の風車は風を光に変へる

一歳の麻結《まゆ》の名よべば受話器ごし麻結語しやべりて不意に切れたり

はじめての孫なりし麻結ながき髪を耳にかけゐき愛らしかりき

誕生日に送りしフランス人形を麻結は電話でミミちゃんと呼ぶ

九州の豪雨気づかふ嫁の電話バックに孫の歌も聞こえく

伊勢の海に育ちし真珠のネックレス麻結の胸元おもひつつ選る

運転免許取得

クイズ解く楽しさ持ちてテレビ画面の交通法規の問題を解く

ハンドルに吸ひつくほどに握りしむ教習最後の高速道路

事故の話聞くたび延びて運転の免許手にせる今日五十歳

十日目のわが運転にかたはらの夫がしばしば身をこはばらす

三十キロ出せと言はれて恐るおそるアクセル踏みし頃もありしよ

「車体感覚で運転せよ」と言ふ言葉わかり来たれり二年経にけり

何時、誰が逝きたる事故ぞ四ツ角に季節の花の今日は水仙

眼前を黒き車が疾走す守りくれたる祖《おや》たち思ふ

帰省

帰るべきねぐらはありや海峡の渦を超えゆく水鳥一羽

山に日の入りてたちまち瀬戸内の島はか黒き物体となる

一人暮しの父を迎へによもすがら瀬戸内を渡るフェリーに揺られ

瀬戸内にかかる二つの大橋を九十五歳の父にぞ見せむ

明けてゆく神戸の港　たたまれてキリンのやうなクレーン並ぶ

(五) 過客

井戸水

スペースシャトルが青き地球を映し出す日本はいま灼熱の日々

雨を待つ他にすべなし炎天にのたうちまはるミミズもわれも

顔の汗心ゆくまで洗ひたり地下二十メートルの夏の井戸水

つくつく法師と共に今年の夏もゆき裏成りかぼちや煮くづれてをり

己が死後を見てしまひたる心地せり精密検査の頭骸の写真

ポリープに沁み込みたるや苦き汁アロエの匂ひと共にねむりぬ

寝る時はマウスピースが頼りにて何に気負ふやわが食ひ縛り

老二人互ひに支へ合ふくらし　今日は半端《はんぼ》の箍《たが》が外れる

マナーモード、オンのケイタイ震へ出す吾の帰りを待つ人のあり

秒針の回る速さに驚きて温めてゐた席を立ちたる

あれもこれも心に刻む日々《にちにち》や一人残されむ後《のち》の日のため

父

九十九歳の父の体を清拭す力を入れて力を抜いて

「遠いとこから」集中治療室の父の言ふ「早よ帰れ」付け足して言ふ

付きそひて七日目のあさ父ゆけり末期の水を飲ませする間なく

田植どき来ればば憶ほゆ犬掻きに池の樋抜きし父の若き日

どこからか煙草の匂ひする時は父を思へり幾春秋に

桐の木谷《きりのたに》子安観音堂

人伝に聞きし子授け観音寺かの日子と嫁とともに詣でき

手甲、脚半に徒歩で参りし昔といふ深山の寺の長き急坂

乳を吸ふことに疲れて寝てしまふ生れて三日の真愛《まな》をくすぐる

授かりてお礼参りす花の下《もと》息子も嫁も晴ればれとして

篠栗の清水で作りし絹豆腐ほほばる女の子見守りてをり

五十センチの布あれば足る嬰児の花柄のズボン、チクチクと縫ふ

焼酎にどくだみの白き花浮かべ作る真愛用かゆみ止め薬

会う度に新しいこと覚えをり箸で食べたりボール投げたり

覚えたてのことば得意げに一歳はいし、いしと言ひ石を指さす

弱き風にふはりと揚がる凧を手に走る父親、追へる幼な子

冠毛を吹いて飛ばして遊びしより蒲公英の種をフウとよぶ真愛

黒岩稲荷に行く森の道椎の実がちさきポッケをいっぱいにする

買ったばかりの長靴はいて傘さしてお散歩の道、日の照れる道

「いそがしい」とママをまねつつ三歳はおもちゃの台所にせいを出す

若者

誰れもかも灰色の服　街を行く若者たちは冷めた目をして

爆音に走るバイクの若者のいかなる不満、土曜日ごとに

アメリカで銃に撃たれし日本の青年思ふハロウイン来れば

若者に行き違ひなどあらざらむ赤き糸なる携帯電話

若者が席を譲つてくれたとき心のつつかえ棒はづれたり

若者の服ばかりなるデパートにいよいよ深し閉塞感は

手を取りて子に教へらるるビリヤード寄せられし球意外に重き

真直ぐにねらひて丁と球を打つ今は心を平らかにして

われの名を思ひ出さうと首かしげる友を見かねてケアハウス出る

あきらめるか、否かはほんの紙一重時間をかけて縺《もつ》れをほどく

迷ひつつ役目とかむと捻子外す三面鏡の五十年経し

水琴窟

浜坂の春の砂丘の中にゐてわたしを見つむひがないちにち

山陰の海辺に並ぶ発電の風車ちぎれむばかりにまはる

蒜山《ひるぜん》の高原に生ふるタニウツギうすくれなゐが霧に浮かびて

ここかしこ水琴窟の音ひびく出雲街道あめの根雨宿《ねうじゅく》

寒冷に分蘖《ぶんけつ》少なき出雲の田さなへを植うる間隔せまし

上蒜山《かみひるぜん》、中《なか》蒜山、下《しも》蒜山三姉妹にも似たるさみどり

亡き義姉《あね》の生《あ》れし米子の夕あかね特急八雲の車窓染めゆく

日本海に夕日沈みて水平線に並ぶ漁火《いさりび》かがやきはじむ

長崎

有明の潟に筋見ゆそのすぢのくねりに添ひてガタ帰りくる

浜風の涼しき駅に降りたちて潮の香を吸ふ長崎晩夏

長崎の街行く人に道聞けばいづれの人も旅行者と言ふ

風頭《かざがしら》の龍馬の像は五頭身その靴の苔落として帰る

亀山社中裏の急流しぶき上ぐまるで坂本龍馬の一生《ひとよ》

ビードロを商ふ坂を登りきてふるさとに似た港になごむ

長崎の町に降る雨　石畳に描かれし紫陽花あらひて流る

爆心地は濃き葉桜に覆はれて惨を吸ひたる土は黒ずむ

野の鳥

この春に見たる燕は一羽のみ住みづらき国となりたるらしき

早苗田の一枚ごとに一羽づつ田の神めきて白鷺の立つ

美しき羽に似合はぬ鵲のガラガラの声、ケンケン歩き

伝書鳩の群が頭上を旋回す衣《きぬ》ずれに似た羽音をたてて

ぬかるめる鶏舎の中を抜き足で歩むにはとり殺気立ちをり

休耕田五年を経れば湿原と化して白鷺の雛をやしなふ

山奥の田を鋤く人は十二羽の鷺を従へ孤独にあらず

気も狂《ふ》れんばかりに鳴きて上がりゆく雲雀いくばくの縄張り得たる

持久力きそふ雲雀か二、三分さえづりつづけ急降下する

子雲雀は育ちたりしや快晴のけふ麦刈りのモーターひびく

足元よりルルッと鳴きて飛びたてる枯草色のひばり幼し

餌を持たずたたづみおれば鳩のむれ縮めたる輪を徐々に解きゆく

真つ昼間悲鳴のやうな鳥のこゑ空にも地にも争ひ止まず

シベリアより渡り来たれるジョウビタキ庭木の松にやすらひてをり

コロナ

鳥の声も車の音もしない朝雪とコロナに閉ぢ込められて

この春は退会届け三通を書くコロナ禍と高齢により

数枚の服をまはして着るのみに引き籠もりゐし秋も過ぎたり

取捨選択しながら暮らす日々《にちにち》の行き着く先に思ひめぐらす

「あほかいな」本音が口をついて出る広きマスクに顔をおほへば

コロナの闇くぐりぬけたる人々が博多駅前のツリーに集ふ

LEDの白球つらなるイルミネーション博多駅前雪降るごとし

流れるやうに色変はりゆく電飾のツリー見上ぐる家族五人と

テノールの乾杯のうた聴きながらホットワイン飲むクリスマスマーケット

足腰の弱りし兄姉訪ひたしと思へど山河その五百キロ

姉に送りし久留米つつじの「夢かすり」神戸の土に馴染みをらむか

柔道着

心臓と肺のリハビリなれば吹く夫の尺八に箏を合奏《あは》せる

夫の吹く尺八聞きて五十年その日の音に体調さぐる

「生きてますか」静かな風呂に声かける「生きているよ」と夫が返せり

心臓を病む夫目守《まも》り十二年寒の日今日も無事に暮れたり

「運んで」と言ひかけハッと言葉のむ重い荷物は禁止の夫

来る年の冬も元気にあれかしと夫の半纏つくろひ仕舞ふ

「旅行する準備だつたらいいのに」と思ひをり夫の検査入院

洪水の警報気遣ふ子の電話、夫に耳を近付けて聞く

柔道のすり足くせになりし夫靴のかかとの外がすり減る

終《つひ》の日に着せてと夫が竿に干す柔道着冬の晴天に映ゆ

親友がすべて逝きしと嘆く夫おもひで話を今宵また聞く

ノンアルコールも飲めなくなりぬ生涯をビール作りに励みたる夫

同じこと日に幾たびも聞く夫に同じこと言ふはじめてのごと

ササクレヒトヨタケ

握りつぶした紙がじわじわ開くやう忘れたきことよみがへりくる

肩はりて行くこともなし八十になりてすべての肩パット取る

ラスコーの壁画の牛馬もハイエナもそして私も一世の過客

思ひ出ばなしするのが好きな夫とゐて先に進めず引きもどさるる

びんつけ油の甘き香りが流れ来て力士が吾を追ひ越してゆく

庭を掃く箒に触れてダンゴ虫まるまりてゐる　あれはわたくし

雨の日は無くした傘を思ひ出す花柄、縞柄、水玉模様

知らぬ人ばかりと思ひよく見れば知人　たがひに年取りました

夫子らの帰り待ちつついつの日か待つ人あらぬ吾かと思ふ

天候も国の行方も定まらぬ時代となりて心細しも

さみしさの深まりくればまとひつく冬の小虫を払はずにおく

右いなり社《しや》、左木山口《きやまぐち》と彫られたる寛永道標わが門に古る

十分に生きたと思ふ時くれば溶けゆく吾はササクレヒトヨタケ

跋

野田　光介

「やまなみ短歌会」に於ける最高の賞は「やまなみ賞」である。毎年一人である。上田さんは平成二十九年に受賞した。当時の授賞理由に「永年怠りなく、月々質の高い歌を出詠する姿勢と、歌会への積極的な参加、後輩への指導が評価されたもの。」とある。

上田さんは、私が四十代で小郡市に転居して、小郡市の歌会に参加した時は、既に同歌会の常連であった。幼い子を会場内で遊ばせながら歌会に参加する時もあったと言う。私が「やまなみ」に昭和五十年入会、上田さんは翌五十一年入会で、これまで「やまなみ」福岡歌会でも共に短歌人生を歩んで来た。

上田さんの歌は常にリアルタイムである。妻として母としての、その場の心根を詠う。奇抜な比喩発想は採らず、子育て、家事、畑、庭の手入れなどを心を込めて詠う。

秋の陽が東の窓よりさし込みて師なきベッドの白冴えわたる

宗真寺へとつづく黒木の切り通しそびゆる岩に鑿《のみ》の跡あり

師は、歌誌「やまなみ」創始者の菊池剣先生。昭和五十二年九月、享年八十四歳であった。宗真寺は先生の菩提寺である。

三絃の糸押す指の爪割れて血の滲み来ぬ　テープ巻き弾く

出来ることはすべてなしきて深呼吸　国立劇場の幕上がりゆく

温習会《おさらいかい》に「冬の曲」ひく初春の宵　十三の琴柱《ことじ》をみがく

夫の吹く尺八聞きて五十年その日の音に体調さぐる

ご主人が尺八、上田さんがお琴の合奏は、小郡市の文化祭や秋月の秋祭りで出演の常連であった。お弟子さんも居た。上田さんのマイカーは、琴を乗せるために常にライトバンであった。福岡市での「やまなみ」全国大会の幕開けに、ご夫婦に演奏して頂いたこともある。

五十センチの布あれば足る嬰児の花柄のズボン、チクチクと縫ふ

覚えたてのことば得意げに一歳はいし、いしと言ひ石を指さす

近年になってお孫さんができた。嬉嬉として孫と遊ぶ孫歌はまことに楽しげである。歌集を今までに出さないのが不思議であった。満を持しての出版である。この一冊、「やまなみ短歌会」会員や、筑後の短歌愛好者に愛読されることを願ってやまない。歌集上梓を心からお慶び申し上げます。

令和六年十月

あとがき

この度、およそ四十年間に詠んでまいりました歌の中から四百三十九首を選び、第一歌集を上梓致しました。

思い返せば、地元福岡の小郡短歌会でご指導いただいていた大津清子先生の紹介で、昭和五十一年にやまなみ短歌会に入会し、現在に至っております。

やまなみでは、佐藤秀先生、久仁栄先生、野田光介先生、樋口洋子先生、平井さなえ先生という多くの師、そして多くの歌友に恵まれ、今まで続けることが出来ました。深く感謝申し上げます。

やまなみに入って間もない頃、「歌が出来ない」と悩んでおりましたところ、「小郡のような自然豊かなところに住んで居て、歌が出来ないのはおかしい」とのお言葉を佐藤秀先生からいただきました。それ以後、「感性を磨かなければ、ものをよく見なければ」と思って歩んでおります。

月々の出詠に追われながらの歳月でしたが、読み返してみると一つ一つの場面が甦り、生きた証を残すことが出来たことは大きな喜びです。日々の悲喜こもごもの出来事も歌にする事で、大切な記憶また記録として昇華させ得たように思います。高齢になりました今では、生活の範囲も狭くなり、短歌が唯一の楽しみになりました。これからも詠み続けて参りたいと思っております。

主婦のくらしの短歌でございます、お読みいただければ幸いです。

令和六年十月

上田貴代

上田貴代（うえだ・たかよ）

昭和十六年十一月　兵庫県神戸市で出生
昭和三十七年　　　神戸山手女子短期大学卒業
昭和五十一年三月　やまなみ短歌会に入会
平成二十九年　　　やまなみ賞受賞

現在福岡県小郡市在住

歌集　春《はる》の台《うてな》
やまなみ叢書第107篇

二〇二四年十一月三十日　第一刷発行

著　者　上田貴代
発行者　田島安江（水の家ブックス）
発行所　株式会社　書肆侃侃房（しょしかんかんぼう）
〒八一〇-〇〇四一
福岡市中央区大名二-八-十八-五〇一
TEL：〇九二-七三五-二八〇二
FAX：〇九二-七三五-二七九二
http://www.kankanbou.com　info@kankanbou.com

DTP　BEING
印刷・製本　モリモト印刷株式会社

ISBN978-4-86385-652-3 C0092